PEOR BRUJA

Bruño

Título original: *The Worst Witch Strikes Again*,
publicado por primera vez en el Reino Unido
por Puffin Books, un sello de Penguin Group
Texto e ilustraciones: © Jill Murphy, 1980

Traducción: © Roberto Vivero Rodríguez, 2015

© Grupo Editorial Bruño, S. L., 2015
Juan Ignacio Luca de Tena, 15; 28027 Madrid
Dirección Editorial: Isabel Carril
Coordinación Editorial: Begoña Lozano
Edición: Cristina González
Preimpresión: Equipo Bruño

ISBN: 978-84-696-0340-6
D. legal: M-28796-2015
Printed in Spain

www.brunolibros.es

LA PEOR BRUJA

ATACA DE NUEVO

JILL MURPHY

Bruño

CAPÍTULO UNO

SITUADA EN LO ALTO de una montaña cubierta de niebla y rodeada por un espeso bosque, la Academia para Brujas de la señorita Cackle mantenía su tenebroso aspecto de siempre.

Daba igual que hubiese llegado el verano.

La primera mañana de aquel trimestre, las alumnas de primer curso entraron en clase y ocuparon sus sitios.

Todas miraban muy desanimadas sus uniformes de verano, todavía más aburridos que los de invierno.

Consistían en un vestido de cuadros grises y negros, calcetines grises y zapatos negros con cordones.

El cinturón era lo único que aportaba una nota de color.

Las chicas tenían las piernas blanquísimas después de llevarlas todo el invierno cubiertas por aquellas medias de lana negras que picaban tanto.

A pesar de los uniformes, la clase vibraba con las voces y las risas de las alumnas.

Todas estaban muy emocionadas por empezar un nuevo trimestre.

Bueno, todas menos Mildred, que parecía más bien preocupada mientras oía las historias de Maud sobre los días de vacaciones que acababan de pasar en sus casas.

En realidad, ni siquiera escuchaba de verdad a su mejor amiga, porque empezó a imaginarse todas las cosas horribles que podían pasar aquel trimestre… ¡Y eso que aún no había empezado! ¡Quedaban semanas y más semanas por delante!

Después de las espantosas notas que había sacado en el trimestre anterior, le había prometido a su familia que esta vez iba a esforzarse *de verdad*.

La señorita Cackle tuvo muy en cuenta que Mildred había salvado la academia de la tragedia*, pero eso apenas pudo compensar que rompía prácticamente todo lo que tocaba o, peor aún, que su torpeza a veces no solo afectaba a las cosas, sino también a las personas…

Sin duda, fueron las peores notas de toda su vida.

—¡Mildred! —exclamó Maud, interrumpiendo sus pensamientos—. No has escuchado ni una palabra de lo que he dicho, ¿verdad?

---

* Si quieres saber más sobre esta historia, lee el primer título de la colección.

7

—Sí, claro que sí —repuso Mildred.

—Muy bien, ¿qué he dicho?

—Ejem… ¿Que te han regalado un murciélago por tu cumpleaños? —probó suerte Mildred.

—¿Ves cómo no me estabas escuchando? —replicó Maud—. Eso lo he dicho hace diez minutos.

La puerta de la clase se abrió de golpe y la señorita Hardbroom, la estricta tutora de primer curso, entró como una ráfaga de viento helada.

Y no venía sola. La acompañaba una alumna nueva.

Como siempre, las chicas casi se mueren del susto ante la brusca aparición de la señorita Hardbroom, y se produjo el alboroto habitual cuando bajaron de golpe las tapas de los pupitres y chocaron unas contra otras en su carrera para ponerse de pie y en orden junto a sus mesas para saludar a la tutora.

—Buenos días, señoritas —dijo secamente la señorita Hardbroom.

—Buenos días, señorita Hardbroom —respondieron ellas.

—Espero que estéis contentas de regresar a la academia —la tutora clavó la mirada en las pobres alumnas de la primera fila—. ¿Preparadas para el duro trabajo que os espera este trimestre?

—Sí, señorita Hardbroom —contestaron todas a coro, intentando sonar sinceras.

—¡Muy bien! —la mujer extendió una mano huesuda hacia la recién llegada, que tenía los hombros caídos y miraba al suelo—. Señoritas, os presento a Enid Night.

Enid era una chica alta, incluso más que Mildred, con las manos y los pies muy grandes.

Su pelo era de color café con leche y lo llevaba recogido en una trenza larga y gruesa que le caía sobre un hombro.

—Enid se incorpora hoy a nuestro curso —continuó la señorita Hardbroom—. Y estará a tu cuidado, Mildred. He de señalar que no ha sido idea mía, sino una extraña ocurrencia de la señorita Cackle. Según ella, si te damos esta responsabilidad es para convertirte en un miembro algo más útil para esta academia. Personalmente, creo que esta iniciativa es una locura, dados tus antecedentes... Me quedaría mucho más tranquila

si la encargada de cuidar de Enid fuese Ethel, la verdad.

Ethel, la primera de la clase, sonrió fingiendo timidez y todas las demás pusieron los ojos en blanco.

—Sin embargo —siguió la señorita Hardbroom—, a lo mejor demuestras que me equivoco, Mildred. Y de verdad espero que así sea. Por favor, haz lo posible para que Enid se sienta cómoda los próximos días, muchas gracias. Y ahora, Enid, siéntate en el pupitre al lado de Mildred para poder empezar las clases. La primera reunión escolar será mañana por la mañana en el Salón Principal.

Mildred miró de reojo a Enid, que había logrado encajar sus largas piernas bajo el pupitre de al lado.

«No parece una chica muy divertida», pensó. Pero no podía estar más equivocada…

CAPÍTULO DOS

 ERA MUY TEMPRANO, ni siquiera había sonado la campana para levantarse aquella mañana, cuando Maud corrió de puntillas por el pasillo y llamó a la puerta de Mildred.

No hubo respuesta, pero no era para sorprenderse, porque Mildred era famosa por dormir como un tronco aunque hubiese bastante ruido.

Muchas veces, Maud tenía que ir a despertarla a gritos cuando la campana no lo conseguía.

Maud entró sigilosamente en la habitación y cerró la puerta.

Los tres murciélagos de Mildred, que volvían de su ronda nocturna, pasaron rozándole la cabeza al entrar por la ventana y se colgaron del techo, como siempre.

Un suave «miauuuu» a sus pies hizo que Maud se fijase en *Tigre,* el gatito de Mildred, que empezó a frotarse contra sus piernas.

Cuando Maud se agachó a cogerlo, *Tigre* enseguida se enroscó en su cuello, como una bufanda, y empezó a ronronear.

A Maud le encantó el calorcito que daba. Aunque era verano, por las mañanas tenía un poco de frío con aquel camisón gris.

—Mildred... —le susurró al bulto tapado con la ropa de cama—. ¡Despierta, Mildred! Soy Maud.

—¿Mmmmehhhh? —murmuró Mildred.

Y siguió roncando.

—¡¡Que te despiertes, Mildred!! —insistió su amiga, dándole un buen meneo.

La cabeza de Mildred por fin apareció sobre la almohada.

—¡Hola, Maud! —dijo—. ¿Qué pasa? ¿Ya es hora de levantarse? ¿Ha sonado la campana?

—No, todavía es pronto. Tus murciélagos acaban de llegar —respondió Maud, y se sentó en la cama—. He venido a hablar contigo antes de que se levanten las demás.

Mildred hizo un esfuerzo para despertarse del todo.

—Anda, abrígate. Tienes que estar congelándote —dijo, y le ofreció a Maud su capa negra.

Maud cogió la capa y se la puso sobre los hombros.

—Gracias —sonrió—. ¿Qué vamos a hacer hoy en el recreo?

—Bueno, yo tengo que enseñarle la academia a Enid. Ya sabes: el laboratorio de pócimas, el gimnasio y esas cosas —respondió Mildred.

—¿Y no puede enseñárselos nadie más? —replicó Maud un poco molesta—. Esa chica parece muy aburrida, y *tú y yo* siempre estamos juntas en el recreo…

—No creo que pueda librarme —dijo Mildred—. La señorita Hardbroom me lo ha ordenado, y si no lo cumplo, se pondrá como una fiera. De todas formas, la pobre Enid es nueva y necesita ayuda.

—Ah, vale —repuso Maud de mala gana—. Luego pasaré a buscarte para ir juntas a la reunión escolar.

—Ejem… Es que… tengo que ir a la reunión con Enid —dijo Mildred—. Pero tú también puedes venir.

—¡Vaya, *gracias!* —estalló Maud mientras se quitaba el gato del cuello y le lanzaba a Mildred su capa negra—. Pero prefiero ir sola. ¡A lo mejor encuentras un hueco para mí algún día de estos!

—¡Venga, Maud, no seas boba! —replicó Mildred—. No quería decir…

Pero su mejor amiga ya había salido de la habitación dando un portazo.

CAPÍTULO TRES

TRES MINUTOS después, la campana para levantarse resonó por los oscuros pasillos de la academia.

Mildred, que había vuelto a dormirse, hizo un esfuerzo por salir de la cama y empezó a dar tumbos por la habitación para recoger la ropa que había dejado tirada por todas partes.

Por suerte, era mucho más fácil ponerse el uniforme de verano que el de invierno.

No sabía cómo, pero en invierno siempre se hacía un lío tremendo con el lazo del cuello.

Ya estaba lista para presentarse en la puerta de Maud (y sorprenderla porque no se había quedado dormida como siempre), cuando se acordó de que tenía que ir a buscar a Enid y fue a llamarla a su habitación, en el siguiente pasillo.

—¡Enid! ¿Estás levantada? —preguntó en voz baja desde el otro lado de la puerta.

—¡Sí, espera un segundo! —respondió Enid—. Le estoy dando de comer al mono.

«¿Al mono?», pensó Mildred. «Bah, seguro que lo he oído mal».

Pero no había oído mal, no…

Cuando abrió la puerta de la habitación vio a Enid sentada en su cama, ¡y sobre su hombro había un monito gris comiéndose un plátano!

—Lo entrenaré para que vuele en la parte de atrás de mi escoba —explicó Enid mientras Mildred se apresuraba a entrar y cerrar la puerta enseguida por si la señorita Hardbroom aparecía de repente por el pasillo.

—¡Pero si es un *mono*, Enid! No te van a dejar quedártelo... Las normas de la Academia para Brujas de la señorita Cackle dicen que ni siquiera podemos tener lechuzas, solo gatos y nada más que gatos.

—Bueno, no importa —dijo Enid con aire despreocupado—. Si se sienta muy encogido en la escoba, nadie se dará cuenta de que es un mono y no un gato.

—Yo no estaría tan segura —replicó Mildred—. Todavía no conoces bien a la señorita Hardbroom...

—Da igual —añadió Enid, ignorando la advertencia—, un mono es mucho más divertido que un simple gato. Puede colgarse cabeza abajo gracias a su cola y hacer todo tipo de piruetas.

—Bueno, espero que tengas razón —dijo Mildred, todavía dudando—. Venga, vamos a la reunión. ¡No podemos llegar tarde justo cuando se supone que me estoy ocupando de ti!

Mientras las chicas hacían cola para entrar en el Salón Principal, Mildred cogió a Maud del brazo y le susurró:

—¡Eh, Maud! ¿A que no adivinas lo que Enid tiene en su habitación?

Pero Maud no le hizo ni caso.

La señorita Hardbroom estaba de pie al lado de la directora, la señorita Cackle, sobre la tarima al fondo del Salón Principal.

A diferencia de la señorita Hardbroom, que tenía el ceño fruncido, la directora miraba muy sonriente a sus alumnas, situadas frente a ella en ordenadas filas de cuadros negros y grises.

Mildred intentó disimular una risita al ver a aquella extraña pareja: la señorita Cackle, bajita y con un vestido de satén gris que la hacía todavía más rechoncha; y la señorita Hardbroom, alta y delgadísima, con un largo vestido negro con rayas grises verticales que estiraba todavía más su figura.

La penetrante mirada de la señorita Hardbroom realizó un barrido por el Salón Principal, haciendo que Mildred se tragase la risita de golpe.

—Bienvenidas de nuevo tras estos días de vacaciones, chicas —dijo la señorita Cackle—. Tenéis por delante un trimestre de trabajo duro. Además de los habituales exámenes, tendremos el Día del Deporte. ¡Ya sé que estáis deseando que llegue!

La señorita Hardbroom cerró los ojos y un gesto de dolor cruzó su rostro ante aquella perspectiva.

Mildred también sintió un escalofrío al recordar el desastroso desfile de escobas que habían ofrecido como exhibición ante todos los magos y las brujas de la zona el pasado Halloween.

—Y también tendremos mi fiesta de cumpleaños —la señorita Cackle sonrió tímidamente, encantada con la idea—. ¡Siempre me hace mucha ilusión oír las canciones que preparáis para mí ese día!

Un murmullo de fastidio recorrió el Salón Principal.

El cumpleaños de la directora era, sin duda alguna, el acontecimiento más aburrido de todo el año.

CAPÍTULO CUATRO

AL ACABAR LA REUNIÓN, las alumnas de primero fueron al aula de música para la clase con la señorita Bat.

La profesora de canto era delgada, no muy alta y bastante mayor, con el pelo gris recogido en una trenza alrededor de la cabeza.

Usaba gafas redondas sujetas por una cadena (más parecida a la típica de bici que a la de cualquier colgante), y siempre llevaba una batuta detrás de la oreja, como si fuese un lápiz.

Cuando las chicas entraron, estaba sentada al piano con un vestido negro con flores grises, y tocaba una marcha cada vez más animada.

—Las clases de canto siempre son muy aburridas —le susurró Mildred a Enid mientras iban hacia sus pupitres.

—¿No me digas? —respondió Enid con un sorprendente brillo travieso en los ojos.

Las demás chicas ocuparon sus sitios y Mildred se las arregló para sentarse entre Maud y Enid, aunque Maud aún parecía enfadada y ni le devolvió la sonrisa.

La señorita Bat tocó el primer acorde de una canción que todas las alumnas se sabían muy bien y empezaron a cantar.

Resultó que Enid cantaba fatal, desafinando muchísimo, lo bastante bajito para que la señorita Bat no la oyese, pero no lo suficiente para que Mildred pudiera concentrarse en las notas correctas.

La letra de la canción fue sonando mientras Enid no acertaba ni una nota y las que estaban a su alrededor luchaban para no contagiarse y desafinar también.

Cuando Mildred la miró de reojo, Enid sonreía tan tranquila. ¡Estaba cantando mal a propósito!

Entonces Mildred miró a Maud, que intentaba aguantarse la risa, y empezó a luchar con las ganas de reírse también ella.

Apretó los dientes e intentó pensar en algo triste, pero Enid cantaba tan horrorosamente que le resultó imposible aguantarse.

Mildred se tapó la boca con las manos, pero no sirvió de nada: las carcajadas se apoderaron de ella y no pudo evitar reírse como loca hasta que le dolió la cara.

—¡Mildred!

El tono de la señorita Bat significaba que no iba a consentir más tonterías.

Todas habían dejado de cantar, y las carcajadas de Mildred resonaban aún más en el silencio del aula.

—¡Ven aquí ahora mismo! —le ordenó la profesora.

Mildred trotó entre las filas de pupitres y se quedó de pie junto al piano. Respiró hondo y consiguió mantenerse seria, aunque su cara estaba roja como un tomate y la voz de Enid todavía zumbaba en sus oídos.

Cuando la señorita Bat se enfadaba, siempre hacía dos cosas: primero, su cabeza empezaba a moverse arriba y abajo (lo que ya estaba haciendo en ese momento); y segundo, cogía la batuta de su oreja y empezaba a dirigir una orquesta invisible (lo que también estaba haciendo en ese instante).

Mildred podía asegurar sin temor a equivocarse que la profesora de canto estaba furiosa.

—¿Puedo saber qué es tan gracioso como para interrumpir la clase? —le preguntó secamente la señorita Bat—. Nadie más se está riendo. A lo mejor puedes contarnos el chiste a todas...

Mildred miró disimuladamente a Maud y a Enid.

Maud tenía la vista fija en sus pies y Enid observaba el techo con aire inocente.

—Es que... —empezó a decir, pero se le escapó otra carcajada.

—¿Y bien, Mildred? —insistió la profesora, cada vez más furiosa—. Estoy esperando una explicación.

—Es que... Enid estaba desafinando mucho —respondió por fin.

—¡Oh!, ¿y esa es razón suficiente para mostrar semejantes modales? Ven aquí, Enid, querida —le pidió la profesora.

Enid se colocó junto a Mildred y el piano.

—Venga, que no te dé vergüenza si no cantas muy bien —le dijo amablemente la señora

Bat—. Y no hagas caso a Mildred. Tú canta «Ojo de Sapo», a ver si podemos ayudarte un poquito.

Enid cantó desafinando igual que antes:

Ojo de sapo,
anca de rana,
bigote de gato,
baba de salamandra.
Échalos en un caldero
y remuévelos con esmero.

Mildred explotó otra vez en carcajadas y, como podéis imaginar, a la furiosa señorita Bat le faltó tiempo para mandarla al despacho de la directora por primera vez aquel trimestre.

CAPÍTULO CINCO

MILDRED NOTÓ enseguida que la señorita Cackle no se alegraba precisamente de verla en su despacho.

—Buenos días, Mildred —dijo con voz cansada, y le hizo una seña para que se sentase—. Supongo que es demasiado esperar que te hayan enviado con un mensaje…, o por cualquier otro motivo inocente, ¿verdad?

—Sí, señorita Cackle —murmuró Mildred—. La señorita Bat me ha mandado aquí porque me estaba riendo en su clase de canto. Una chica desafinaba mucho y no he podido evitarlo.

Cuando la directora la miró severamente por encima de sus gafas, Mildred se dijo que la forma de cantar de Enid ya no le parecía tan graciosa.

—Me pregunto si tienes algún futuro en esta academia... —suspiró la señorita Cackle—. Das un paso adelante y luego cuatro atrás. Es siempre la misma historia, ¿verdad, Mildred? Y el trimestre acaba de empezar... Ahora veo que la señorita Hardbroom tenía razón al no estar de acuerdo con mi plan de que te encargases de la chica nueva. Decidí darte una responsabilidad y deberías haber estado a la altura para no hacerme quedar mal.

—Sí, señorita Cackle —repuso Mildred, cabizbaja.

—Sería muy triste que llevases a la nueva alumna por el mal camino —siguió la señorita Cackle—, así que, por última vez: céntrate y que no vuelvan a mandarte aquí en lo que queda de trimestre, ¿de acuerdo?

Mildred le aseguró que iba a portarse mucho mejor y salió rápidamente de su despacho.

Como todavía quedaba una hora de clase de canto y la señorita Bat le había dicho que ni se le ocurriese volver por allí, Mildred decidió subir al cuarto de Enid para ver al mono.

Pudo oír a sus compañeras cantando en el aula de música mientras subía por la escalera de caracol hacia las habitaciones.

¡Era genial tener toda una hora libre por delante mientras las demás chicas estaban encerradas en clase!

Por una vez, el sol había atravesado el velo de niebla que rodeaba la academia y sus rayos entraban por las estrechísimas ventanas.

«Está claro que me equivoqué con Enid»,
pensó Mildred. «¡Es todavía peor que yo!».
Volvió a reírse al recordar cómo desafinaba
y abrió la puerta de su habitación.

El mono, que estaba sentado en la cama,
se lanzó al instante hacia la salida pasando
por encima de la cabeza de Mildred y echó
a correr por el pasillo gritando de felicidad.

Agitó su larga cola al doblar la esquina y desapareció por la escalera.

—¡Noooo! —gritó Mildred, y salió tras él a toda velocidad.

Llegó sin aliento al pie de la escalera solo para comprobar que el mono no estaba por ninguna parte.

—¿Qué voy a hacer ahora? —gimió.

—¿Qué deberías estar haciendo, Mildred? —preguntó una voz escalofriante a su espalda.

—Ejem… Nada, señorita Hardbroom —respondió Mildred, dándose la vuelta rápidamente para enfrentarse a su tutora.

—¿Nada? —repitió la señorita Hardbroom, levantando una ceja—. ¿A esta hora del día? Me pregunto por qué andas merodeando por los pasillos mientras todas las demás están en clase… Y también por qué llevas los calcetines caídos, por supuesto.

Mildred se agachó para subírselos rápidamente.

—Me han expulsado de la clase de canto, señorita Hardbroom —le explicó—, así que no tengo nada que hacer la próxima hora.

—¿*Nada que hacer?* —explotó la tutora, con una mirada tan feroz que Mildred dio un paso atrás—. Bien, entonces sugiero que, para empezar, vayas a la biblioteca a repasar de-

bidamente tus deberes de hechizos y pócimas, y después, si te queda tiempo, que lo
dudo mucho, puedes venir a mi despacho
para que te haga un pequeño examen.

—Sí, señorita Hardbroom —dijo Mildred,
y se encaminó hacia la biblioteca pensando
dónde podría haberse metido el mono.

Cuando miró hacia atrás, la señorita Hardbroom ya había desaparecido en el aire, algo
que siempre resultaba inquietante, porque
nunca sabías si se había vuelto invisible y
todavía estaba mirándote o si se había ido de
verdad.

Mildred recorrió un par de pasillos más y
se detuvo a escuchar. Solo se oía el canto de
las chicas de su clase, así que decidió volver
a la búsqueda del mono.

Algo que se movía al otro lado de una
ventana llamó su atención.

¡Era el mono, que estaba trepando por una
de las torres del edificio mientras balanceaba
la cola tan contento!

Además, había robado un sombrero de bruja y se lo había encasquetado hasta las orejas.

Si Mildred no hubiera tenido tanto miedo, aquella imagen le habría parecido muy graciosa.

—¡Anda, monito, baja de ahí, por favor! —le pidió, intentando no levantar mucho la voz—. Mira, ¡tengo un plátano riquísimo!

Pero el mono soltó un chillido y escaló un poco más.

Mildred fue corriendo a por su escoba.

Se le había ocurrido que la única manera de atrapar al animal era volar hasta él.

Muy nerviosa, se montó en la escoba, decidida a salir volando por la ventana desde la que había divisado al mono.

Pero, por desgracia, cuando le dio un golpecito (la señal para que se pusiese en marcha), la escoba se le resbaló entre las manos y empezó a volar como loca con Mildred colgando de ella.

—¡Paraaaaaaa! —le gritó, y la escoba se quedó flotando en el aire.

Mildred intentó sentarse en ella, pero le fue imposible.

Empezaban a dolerle los brazos, pero estaba tan cerca del mono que decidió volver a intentarlo y le dio a la escoba la orden de avanzar.

Por suerte, el animalito quedó tan fascinado con la escoba voladora que saltó sobre ella y quedó balanceándose boca abajo, colgado de la cola.

—¡Baja! —le ordenó Mildred a la escoba, y el curioso grupo volador empezó a descender.

Cuando aterrizaron, Mildred tragó saliva al ver que el patio de la academia estaba lleno de gente.

Las alumnas de tercer curso tenían clase de vuelo con la señorita Drill, la profesora de gimnasia, y habían visto todo el episodio de la torre y el mono.

Y, lo que era peor, la señorita Hardbroom estaba al lado de la señorita Drill con los brazos cruzados y las cejas levantadas hasta la raíz del pelo.

Mildred se sintió muy ridícula al pensar que todas la habían visto aterrizar en aquella postura y con el mono balanceándose en su escoba.

—¿Y bien? —preguntó la señorita Hardbroom cuando Mildred agarró con fuerza al animal para que no se escapara otra vez.

—Yo… Ejem… ¡Lo he encontrado! —exclamó Mildred.

—En esa torre, sí —dijo la señorita Hardbroom—, y lleva un sombrero de bruja.

—Es verdad —reconoció Mildred, muerta de vergüenza—. Estaba allí arriba, así que yo… he pensado que debía… bajarlo.

—¿Y de dónde ha salido ese mono? —preguntó la señorita Hardbroom, entrecerrando los ojos—. No habrás vuelto a discutir con Ethel, ¿verdad?

Esto último lo dijo porque no hacía mucho que Mildred había convertido a Ethel en un cerdito durante una discusión.

—¡No, señorita Hardbroom! —respondió Mildred.

—Bien, entonces… ¿de dónde ha salido?

Era una situación muy complicada.

Mildred no podía chivarse de Enid, pero la terrorífica mirada de la señorita Hardbroom le daba a entender que probablemente ya lo sabía todo…

En ese momento, una de las chicas de tercero dio un paso al frente.

—Mildred debió de coger el mono de la habitación de la alumna nueva —dijo—. Hace un rato la vi salir de allí.

—¿De la habitación de Enid? —se extrañó la señorita Hardbroom—. Pero si ella tiene un gato negro común y corriente. En su habitación no hay más animales.

Le pidió a la chica de tercero que fuese a buscarla a la clase de canto y al poco rato Enid llegó con aspecto desconcertado.

Cuando vio a Mildred con el mono, ni siquiera parpadeó.

—¿Este mono es tuyo, Enid? —le preguntó la señorita Hardbroom.

—Yo solo tengo un gato, señorita Hardbroom —respondió Enid.

Mildred abrió los ojos como platos.

No podía creerse lo que acababa de oír.

—Mildred, ¿estás segura de que ese mono no es Ethel? —le preguntó la señorita Hardbroom muy seria.

—Sí, señorita —contestó Mildred.

47

Pero la tutora no la creyó y murmuró el hechizo para devolverle al mono su forma original.

Para sorpresa de Mildred, el mono desapareció y en su lugar apareció un gato negro.

—¡Ese es mi gato! —exclamó Enid, y el minino saltó a sus brazos.

—¡Mildred, ya te avisé sobre esto! —gritó la señorita Hardbroom—. Primero fue Ethel, y ahora, el gato de Enid. ¡Por todos los cielos, ¿cuándo pararás de hacer tonterías?!

Mildred se había quedado de piedra.

—Pe...pero yo... —tartamudeó.

—¡Silencio! —ordenó la tutora—. Solo estamos en el segundo día del trimestre y ya has metido la pata dos veces. Por lo menos esto ha servido para que Enid vea que eres un mal ejemplo. Enid, espero que pongas cuidado para no seguir los pasos de Mildred. Ahora marchaos todas, y tú, Mildred, ándate con ojo... Otra travesura como esta y no respondo de tu futuro en esta academia.

En cuanto doblaron la esquina, Mildred le preguntó a Enid qué estaba pasando allí.

—Esta mañana, antes de desayunar, convertí a mi gatito en un mono para divertirme —respondió Enid tan tranquila—. Pensaba deshacer el hechizo mañana, antes de ir a las prácticas para el Día del Deporte. ¿Cómo iba a saber yo que te daría por colarte en mi habitación y dejar que se escapara?

CAPÍTULO SEIS

SOLO PENSAR en el Día del Deporte hacía que Mildred se estremeciera.

No le gustaba ni pizca competir con otras personas, ¡sobre todo porque ella *nunca* ganaba y era algo muy humillante!

Por si fuera poco, Maud estaba insoportable.

Que Mildred pasase tanto tiempo con Enid la había puesto tan celosa que incluso llegó a juntarse con Ethel.

Mildred no se lo podía creer cuando las vio cogidas del brazo.

Sabía que Maud lo hacía por lo de Enid, así que hizo como que no se había dado cuenta, pero ver a su mejor amiga paseando del brazo con su vieja enemiga fue todo un golpe.

La agenda del Día del Deporte incluía varios eventos: salto con pértiga, carrera de sacos, equilibrio de gatos, vuelo de relevos en escoba y un premio para el gato mejor entrenado.

Todas practicaron muchísimo durante las semanas previas al gran día.

Mildred se pasó largas horas con su gatito atigrado, intentando enseñarle a sentarse bien derecho en la escoba en vez de quedarse colgando de ella con los ojos cerrados.

Pero no habían progresado mucho.

Mildred y Enid siempre empataban en todas las pruebas, aunque eso solo significaba que las dos eran igual de malas.

Las semanas pasaron con rapidez y llegó el Día del Deporte, que amaneció muy nublado.

Para variar, esa mañana Mildred estaba despierta cuando sonó la campana.

Se había pasado gran parte de la noche revolviéndose en la cama con terribles pesadillas.

En una de ellas se encontraba un monstruo sobre su escoba durante la carrera de relevos, y el monstruo se convertía en la señorita Cackle, que le decía: «¡Mildred! ¡La has vuelto a liar!».

Mildred saltó de la cama y buscó la ropa de gimnasia.

La encontró en el fondo del cajón de los calcetines e intentó alisarla para que estuviese un poco más presentable.

Consistía en una camisa gris de manga corta y una falda pantalón negra que le llegaba hasta las rodillas.

Los calcetines grises y las deportivas negras completaban aquel vestuario tan poco alegre.

Llamaron a la puerta y, durante un segundo, Mildred pensó que sería Maud, pero fue Enid quien asomó la cabeza.

—No te rías, ¿eh? —dijo al entrar en la habitación.

Y Mildred tuvo que contener la risa al ver a Enid con ropa deportiva.

—¡Que no te rías! —repitió Enid, aunque sonrió al subirse aún más la inmensa falda pantalón, que ya le llegaba casi hasta el cuello.

—¿No tienes ropa de tu talla? —le preguntó Mildred.

—No. Mi madre me lo compra todo así porque soy grandota. ¡Tendrías que ver mis camisetas! Algunas me llegan a los pies.

—Viéndote así, ¡no voy a poder estar seria ni un minuto! —se echó a reír Mildred—. En fin, ¿cómo está tu gato?

—No me lo he traído —respondió Enid—. Está un poco deprimido desde lo del mono y volar otra vez en escoba no le conviene de momento.

—Pues yo me llevo a *Tigre* —dijo Mildred, y cogió el gatito, que estaba hecho un ovillo sobre la almohada—. Hemos entrenado mucho, aunque no sé yo…

CAPÍTULO SIETE

NID Y MILDRED esperaban en los vestuarios a que las llamasen para la primera prueba deportiva, el salto con pértiga.

Para su disgusto, descubrieron que las habían apuntado a todas las competiciones. Las dos eran bastante altas, lo que daba pie a la falsa idea de que tenían que dárseles bien los deportes.

—Vamos a quedar las últimas en todo —gruñó Enid.

—Bueno, somos más altas que el resto, así que *deberíamos* ser mejores que las demás en algo —replicó Mildred mientras acariciaba la cabeza de su gatito, que asomaba por la bolsa de los zapatos.

—*Deberíamos,* pero no lo somos —suspiró Enid—. Lo que necesitamos es un poco de magia.

—Enid… Tú todavía no habías llegado a la academia cuando me equivoqué con una pócima en el laboratorio. Maud y yo la probamos… y desaparecimos. Fue horrible —le advirtió Mildred.

—Yo me encargo —dijo Enid con una confianza impresionante.

Entonces acercó las dos pértigas a la ventana y empezó a mover los brazos mientras susurraba unas palabras.

—¿Qué estás haciendo? —le preguntó Mildred.

—Shhhh... —dijo Enid—. Vas a conseguir que diga mal el hechizo.

Un minuto más tarde, Enid le dio su pértiga a Mildred.

—Vamos. ¡Ahora las ganaremos a todas! —dijo muy convencida.

Mildred se sentía especialmente intranquila cuando se unieron al resto de participantes en la prueba de salto con pértiga.

Levantó la mirada hasta el listón, que parecía estar a un kilómetro de altura.

—Nunca llegaré tan alto —le susurró a Enid.

—¡Mildred! —la llamó la señorita Drill.

—¡Oh, no! —gimió Mildred—. Me toca salir la primera...

—Tú salta, nada más —Enid le guiñó un ojo—. Todo saldrá bien.

Y Mildred saltó.

Primero corrió por la pista, luego clavó la pértiga en el suelo... y después pasó algo extraordinario.

58

De repente, el suelo parecía hecho de un material superelástico, y Mildred y la pértiga salieron disparadas por el aire.

Desde un lugar muy lejano, oyó que Enid le gritaba: «¡Suelta la pértiga!».

Mildred miró hacia abajo y descubrió horrorizada que todo estaba muy, muy lejos, incluyendo el listón y los primeros pisos de la academia.

Quedó tan conmocionada que se agarró todavía más fuerte a la pértiga… y vio que se iba acercando a una de las torres del edificio a gran velocidad.

Como un misil teledirigido, Mildred y la pértiga pasaron a través de una ventana (por suerte, las de la academia no tenían cristales, igual que las de los castillos) y aterrizaron de un porrazo sobre una mesa lista para tomar el té.

Tirada en el suelo y muy aturdida entre tazas y charquitos de mantequilla, Mildred se dio cuenta espantada de que había ido a parar nada más y nada menos que a la habitación de la señorita Hardbroom.

La pértiga estaba casi partida en dos: uno de los trozos se había clavado en un retrato de la estricta tutora, y el otro en la cesta de su gato negro. Por poco atraviesa al pobre animal, que empezó a bufar indignado.

La puerta no tardó mucho en abrirse y la señorita Hardbroom, la señorita Cackle y la señorita Drill entraron corriendo en la habitación.

El aterrorizado gato saltó al hombro de su dueña dando un aullido.

—Muchas gracias por la visita, Mildred —dijo amablemente la señorita Hardbroom, aunque su mirada reflejaba de todo menos amabilidad—. Sin embargo, no era necesario un método tan peculiar para entrar aquí… A todas las demás, la puerta les parece de lo más adecuada.

—¿Tengo que recordarte que va contra las normas usar la magia en un evento deportivo, Mildred? —preguntó severamente la señorita Drill.

63

—No lo entiendo… —suspiró la señorita Cackle—. No me puedo creer que una de mis alumnas haga trampas, y que la pobre chica nueva tenga que ver esto… ¡Qué barbaridad, qué barbaridad…!

Mildred apretó los dientes al pensar en todas las veces que «la pobre chica nueva» la había metido en problemas desde que había llegado.

—Esta *debe* ser la última vez que pasa algo así, Mildred —le dijo la señorita Cackle muy seria—. Quedas eliminada del resto de pruebas deportivas, y como vuelvas a meterte en algún otro lío durante este trimestre, sintiéndolo mucho tendré que expulsarte de la academia, ¿entendido?

Mildred soltó un grito ahogado.

—Sí, Mildred —siguió la directora—, si tu obstinado comportamiento continúa, me veré obligada a tomar una medida drástica. Ahora ve a tu habitación y quédate allí el resto del día a pensar en lo que te he dicho.

Mildred estuvo encantada de poder irse a su cuarto.

Se tumbó sobre la cama con su gatito y oyó cómo las demás chicas se reían y gritaban en el patio mientras continuaba el Día del Deporte.

—Es imposible, *Tigre* —dijo—. No conseguiré llegar al final del trimestre sin volver a meter la pata.

Llamaron a la puerta y entró Enid.

—¿Qué ha pasado? —preguntó—. ¿Dónde has aterrizado?

—¡Ay, ha sido horroroso! —respondió Mildred—. He acabado en la habitación de la señorita Hardbroom…, ¿te lo puedes creer? La señorita Cackle ha dicho que me expulsará si vuelvo a hacer de las mías este trimestre. ¿Y tú? ¿También has salido volando tan alto como yo?

—¡Ah, no! —sonrió Enid—. Me di cuenta de que le había dado una sobredosis de magia a la pértiga, así que he hecho como que me desmayaba y me han llevado a la enfermería. Tengo que volver en un minuto. ¿Te has hecho daño?

—No mucho —contestó Mildred—. Solo me he torcido un poco una rodilla. Pero estoy bien.

—Bueno, ¡ánimo! —exclamó alegremente Enid mientras abría la puerta—. Por lo menos, hoy ya no puede salir mal nada más. Te veo luego.

Mildred consiguió sonreír a medias mientras Enid salía al pasillo.

—Ay, *Tigre...* —le dijo tristemente al gatito—. ¿Cómo voy a arreglármelas hasta que acabe el trimestre?

CAPÍTULO OCHO

MILDRED no había tenido tanto miedo de ser expulsada desde que arruinó la exhibición de vuelo en escoba el pasado Halloween.

Recordó todas las promesas de portarse bien que le había hecho a su familia, y pensó lo terrible que sería volver a casa con el gato y las maletas para dar la noticia de su expulsión de la academia.

Miró el calendario y decidió luchar con todas sus fuerzas cada día para llegar al final del trimestre sin meterse en más líos.

Enid la tentó con todo tipo de travesuras durante las semanas que siguieron, pero Mildred resistió con admirable fortaleza.

Ethel estaba más inaguantable que nunca (y Maud todavía era su amiga), pero Mildred soportó todas sus pullas y consiguió llegar a la última semana del trimestre sin un solo problema.

Como era habitual, el cumpleaños de la señorita Cackle se celebraba el último día de clase, y cada curso preparaba una pequeña canción o un poema para ese día.

Cuando nombraron a Maud representante de primer curso, Mildred se sintió muy aliviada. Así podría quedarse tranquilamente en su sitio escuchándola.

—Ese cumpleaños va a ser un rollo —gruñó Enid mientras esperaban sentadas en clase a que las llamasen para ir al Salón Principal—. ¿Por qué no nos lo saltamos? No sé si puedo soportar toda una mañana de canciones y poemas…

—No —respondió secamente Mildred.

—Anda, venga, Mil —intentó convencerla Enid—. Ya no eres tan divertida como antes... Nadie se va a dar cuenta si faltamos. La academia entera estará allí. No se notará que no estamos.

—Se darán cuenta, así que yo iré —dijo Mildred—. Solo me faltan tres horas para marcharme a casa de vacaciones sin que me expulsen. No me voy a arriesgar.

—Vale, como quieras —bufó Enid, enfadada.

La señorita Hardbroom apareció en la puerta y les ordenó que formasen una fila para ir al Salón Principal.

Mientras avanzaban por el pasillo, de repente Enid agarró a Mildred por el brazo.

—¡Rápido! —susurró—. ¡Por aquí!

En ese momento pasaban junto a un cuarto trastero, y antes de que Mildred supiese qué estaba ocurriendo, Enid había entrado y la arrastraba con ella.

—¡¡¿Qué estás haciendo?!! —susurró Mildred cuando Enid cerró rápidamente la puerta.

—¡Shhhh! —dijo Enid—. Solo tenemos que quedarnos aquí hasta que todas estén en el salón, y después podremos salir y pasar la mañana como nos dé la gana.

—Pero… ¡Enid! —protestó Mildred, angustiada—. Nos van a pillar.

Por supuesto, la vista de águila de Ethel había registrado cómo Mildred y Enid se metían en aquel cuarto, y también lo había visto Maud, que en secreto deseaba estar con ellas. Se había divertido mucho cuando Mildred era su mejor amiga, y la verdad es que pasar un trimestre entero con Ethel había sido bastante desagradable, en especial porque Ethel no paraba de meterse con Mildred.

Cuando Maud y Ethel pasaron junto al cuarto trastero, Ethel giró la llave para dejarlas encerradas.

—Pero… ¡Ethel! —susurró Maud mientras seguían su camino hacia la reunión—. Eso ha

estado fatal. Vas a meterlas en un lío enor-
me. La señorita Cackle dijo que expulsaría
a Mildred si volvía a tener problemas.

—*Exacto* —soltó Ethel en tono triunfal.

—Creo que eres muy mala, Ethel —le dijo
Maud—. Ahora mismo voy a volver para dejarlas salir.

Pero, en ese momento, la señorita Hardbroom apareció para acompañar al grupo de
Maud al interior del Salón Principal y ya no

hubo manera de que pudiese liberar a Mildred y a Enid.

Dentro del cuarto, las dos chicas habían
oído perfectamente cómo giraban la llave de
la puerta.

—Lo sabía… —suspiró Mildred—. Ahora
no podemos salir, ¡y es el último día del
trimestre! Tendremos que aporrear la puerta cuando vuelvan del Salón Principal o
nos pasaremos las vacaciones aquí encerra-

das… Al abrir este cuarto el próximo trimestre, ¡solo encontrarían un montón de piel y huesos!

Mildred rompió a llorar ante aquella idea.

—Venga, Mil, lo siento —le dijo Enid—. No llores. Contaré que ha sido culpa mía y no te expulsarán, ya lo verás.

CAPÍTULO NUEVE

MILDRED Y ENID miraron a su alrededor.

El cuarto trastero era grande y con el techo muy alto, ideal para almacenar muebles viejos.

La escasa luz entraba por una ventana en lo alto de una esquina.

—¡Estamos salvadas! —exclamó Enid—. ¡Hay una ventana! Solo tenemos que llegar hasta ella.

—Claro, *solo* tenemos que hacer eso… Total, *solo* está a varios metros de altura —replicó Mildred, molesta—. ¿Cómo piensas que subamos hasta ahí? ¿Volando?

—A lo mejor podemos hacer una montaña con todos estos trastos y escalar hasta la ventana —dijo Enid mientras se movía entre los viejos pupitres, los bancos rotos y las cajas de cartón llenas de cosas inservibles—. ¡Mira, Mildred! ¡Una escoba!

Sacó de un arcón de madera una escoba muy vieja, llena de polvo y telarañas y casi rota por la mitad.

Únicamente se mantenía unida gracias a dos astillas.

Enid se quitó el cinturón e hizo un nudo alrededor de la parte dañada.

—¡Ya está! —dijo—. Ahora podemos volar. La ventana parece lo bastante grande para que salgamos por ella. ¡Vamos!

Le dieron a la escoba la orden de que flotara en el aire (y lo hizo), y a continuación las dos peores brujas de la academia se subieron a ella.

Enid iba delante y Mildred se agarró a su cintura.

Le ordenaron a la escoba «¡Arriba, arriba, arriba!» para que ascendiera como un helicóptero hasta alcanzar la altura deseada.

Tenían que ir diciéndoselo poco a poco para subir con cuidado, y las dos tuvieron dificultades para mantener el equilibrio, pero finalmente alcanzaron la ventana.

—¿Qué hay al otro lado? —preguntó Enid mientras se esforzaba por mantener la escoba quieta.

Mildred miró por la ventana y vio un largo pasillo y parte de un techo.

—Es muy raro… —dijo—. La ventana no da al exterior. Parece que comunica con una especie de sala grande.

—Bueno, pues vamos allá, ¡antes de que esta vieja escoba se desplome! —exclamó Enid, estornudando por culpa del polvo y las telarañas que las cubrían—. ¡Agacha la cabeza, Mildred!

CAPÍTULO DIEZ

E PIDIÓ SILENCIO en el Salón Principal.

Maud, que era la primera en actuar, se encontraba en la tarima con la señorita Cackle y todas las profesoras a su espalda, y con el resto de las alumnas frente a ella.

Estaba tan preocupada porque Mildred se había quedado encerrada, que no podía recordar el comienzo del poema, aunque llevaba semanas ensayándolo.

Mientras estaba allí de pie, buscando frenéticamente en su memoria, se oyeron un sonoro estornudo y unos extraños ruidos al fondo del salón y, de repente, por una de las altas ventanas entraron Mildred y Enid, cubiertas de polvo y agarrándose desesperadamente a una escoba viejísima.

Todas las alumnas se dieron la vuelta para mirar y las profesoras se quedaron de piedra.

Maud apenas tardó medio segundo en darse cuenta de lo que estaba pasando: aquella ventana comunicaba con el cuarto trastero.

Y, rápida como un rayo, se aclaró la garganta.

—¡Señorita Cackle y demás profesoras! —dijo como si fuese a anunciar algo muy importante—: Estoy orgullosa de presentarles una pequeña sorpresa que han preparado Mildred y Enid. ¡Un doble vuelo acrobático en una sola escoba!

Y movió el brazo en dirección de Mildred y Enid, aterrorizadas al darse cuenta de adónde habían ido a parar.

—No me lo puedo creer —susurró Mildred mientras profesoras y alumnas fijaban la mirada en ellas.

—Si salimos de esta, merecemos una medalla —dijo Enid.

—Tenemos que hacer lo que ha dicho Maud —propuso Mildred—. Mantén firme la escoba y da una vuelta mientras yo intento un número de equilibrismo.

Enid hizo que la escoba volara lentamente alrededor del salón y Mildred se puso de pie sobre el palo.

Agarrada a la cabeza y los hombros de Enid, consiguió hacer un equilibrio bastante tembloroso...

La verdad es que nunca se había puesto de pie encima de una escoba y se sentía bastante orgullosa de estar consiguiéndolo ahora.

Levantó una pierna y después se atrevió a alzar también un brazo al mismo tiempo.

Enid, que no era precisamente la mejor piloto de escobas, no estaba mirando bien hacia dónde se dirigían, y cuando se dio cuenta ya tenían la lámpara del Salón Principal a un palmo de sus cabezas.

—¡¡¡Mildred!!! —exclamó.

Pero ya era demasiado tarde.

Mildred se quedó colgando de la lámpara mientras Enid seguía volando, aunque enseguida dio la vuelta y fue a recogerla.

—Por los pelos… —gimió Mildred sin aliento, y se sentó de nuevo en la escoba—. ¡Mira por dónde vas, por favor!

—¿Cómo? —dijo Enid, dando la vuelta.

—¡He dicho que tengas cuidado! —gritó Mildred al tiempo que se acercaban peligrosamente a uno de los muros del Salón Principal.

Enid giró de forma brusca y Mildred quedó colgando de la escoba, agarrada solo con las puntas de los dedos.

Y justo en ese momento, la vieja escoba empezó a romperse por la parte unida con el cinturón de Enid.

—¡Rápido, Enid! —chilló Mildred, completamente desesperada—. ¡Aterriza antes de que se rompa!

Enid aterrizó sobre la tarima, al lado de Maud, que mostró unos excelentes reflejos al empezar a aplaudir.

Y las demás alumnas la imitaron enseguida.

La señorita Cackle y la señorita Hardbroom se acercaron.

La directora tenía cara de no saber muy bien qué estaba pasando, pero la señorita Hardbroom llevaba una ceja levantada y los brazos cruzados con fuerza.

—Mildred… —empezó a decir con su tono más terrible.

Pero antes de que se lanzase al ataque, la señorita Cackle rodeó los hombros de Mildred y de Enid.

—Gracias, hijas mías —dijo sonriendo mientras las miraba a través de sus gafas de pasta verde—. La ejecución de vuestro nú-

mero no ha sido perfecta, ni mucho menos, y el estado de vuestra ropa deja mucho que desear…, pero ha sido un buen intento. Esto es lo que nos gusta ver en la academia: ¡espíritu de equipo, iniciativa y, sobre todo, esfuerzo!

—Gracias, señorita Cackle —dijeron Mildred y Enid a la vez, sin atreverse a levantar la mirada para no encontrarse con la de la señorita Hardbroom.

La directora volvió a sonreír y les indicó que regresaran a sus asientos.

Por supuesto, Mildred y Enid no tenían asientos, ya que ni siquiera habían estado en la celebración, pero Maud se movió hacia un lado en su banco para dejarles sitio.

Mientras salían en fila hacia el patio para esperar a que sonase la campana que indicaba el final del trimestre, Maud les contó que había sido Ethel quien las había encerrado en aquel cuarto, y de repente empezaron a verle el lado divertido a todo aquello.

—¡Muchas gracias por ayudarnos, Maud! —se rio Mildred—. ¡Has estado fantástica, de verdad!

—Mildred... —dijo Maud con voz insegura—. ¿Podemos volver a ser amigas?

—Ya lo somos —respondió Mildred—. Nos has salvado de algo peor que la muerte... ¿No has visto su cara?

—¿La cara *de quién*, Mildred? —preguntó una voz helada.

Las tres chicas dieron un bote, sobresaltadas, cuando la señorita Hardbroom apareció de repente.

—Yo... Yo estaba diciendo que... —balbuceó Mildred—... parece que no le ha gustado mucho nuestro número sorpresa.

—Es que no me ha gustado —respondió la señorita Hardbroom—. Aunque creo que Maud merecería un premio a la iniciativa y la improvisación... Al fin y al cabo, ¡os ha salvado de un destino peor que la muerte!, ¿no?

Entonces la tutora se apartó a un lado, movió una mano en dirección al patio, por una vez soleado, y las chicas se fueron corriendo.

—Seguro que la señorita Hardbroom puede ver a través de las paredes —susurró Maud.

—¡Shhh! —dijo Enid, mirando a su alrededor por si la tutora seguía por allí—. Sí, puede que sí vea a través de las paredes...

La campana resonó para comunicar a las alumnas que había llegado la hora de recoger sus maletas e irse a disfrutar de las vacaciones.

Mildred soltó un gran suspiro de satisfacción...

Y entonces agarró de las manos a sus dos amigas y se puso a bailar alegremente con ellas.

—¡Lo he conseguido! —exclamó, feliz—. ¡He llegado al último día del trimestre sin que me expulsen!

ÍNDICE